八面清風

小诗94首

周洁／著

南方日报出版社
NANFANG DAILY PRESS
中国·广州

图书在版编目（CIP）数据

八面清风 ：小诗 94 首 / 周洁著． — 广州 ：南方日报出版社，2022.1
ISBN 978-7-5491-2459-6

Ⅰ．①八… Ⅱ．①周… Ⅲ．①诗集－中国－当代 Ⅳ．①I227

中国版本图书馆 CIP 数据核字（2021）第 237549 号

BAMIAN QINGFENG

八面清风：小诗 94 首

作　　者：周　洁
出版发行：南方日报出版社
地　　址：广州市广州大道中 289 号
出 版 人：周山丹
出版统筹：谭庭浩
责任编辑：陈　焱
装帧设计：邓晓童
责任校对：肖　颖
责任技编：王　兰
经　　销：全国新华书店
印　　刷：广州市岭美文化科技有限公司
开　　本：889mm×1194mm　1/32
印　　张：6.5
字　　数：80 千字
版　　次：2022 年 1 月第 1 版
印　　次：2022 年 1 月第 1 次印刷
定　　价：52.00 元

投稿热线：（020）87360640　读者热线：（020）87363865
发现印装质量问题，影响阅读，请与承印厂联系调换。

等闲垂手去，

八面清风生。

——［宋］释道宁《偈六十三首》

自序

回首2020年，春树春花春鸟，春风春水春光，人事万般无奈，一场瘟疫春伤。白天黑夜昨今明，春夏秋冬阴雨晴，万事何人能胜意，常思一二好心情。

闲居港岛海边，两年瘟疫浪波袭，四季居家日憩息，船过云移窗户外，水山互动海风习。我平日散步用手机随手抓拍的照片，提供了诗的机缘和诗的素材。《八面清风》是我的第二本诗集，是从我近两年来写的应景即兴小诗中精选的94首汇编。这些小诗，是我对身边司空见惯的事物的小感悟，以诗的形式，用笔写下，是对生活的小美好及对大自然的清姿丽影所作的一点观察与表达，实在给自己增添了不少清欢和乐趣。借此诗集之出版，继续与有缘人分享。

花开花落不须伤，因果因缘福业场，人事非恒日日变，分分秒秒是无常。不测风云晴亦雨，旦夕福祸无常时，世间问候万千语，最好安康二字词。南北东西日月长，亲朋相去各一方，别来四季应无恙？你我平安俱健康。

山风海雨，疫情未了。安静地，为世界和平祈祷，为众生安详祈福。谨以这本小书，献给已逝的父母，献给现年99岁的伯父周加林，献给分居国内国外的亲朋好友和老师同学。

周洁

2021年秋，香港

目录

山

风

目录

海

目

录

雨

八面

山

清风

人面清风

山行有感

秋夏香江热气多，
城池喧闹荡风波。
幸得郊野水山静，
蝶舞蝉鸣鸟唱歌。

2019.9.20

山行有感

秋夏香江热气多，城池喧闹荡风波。
幸得郊野水山静，蝶舞蝉鸣鸟唱歌。

登坡峰岭

果树暮秋橙绿黄，
山林山野淡菊香，
上山脚慢下山快，
闲步拾级山路长。

2019.10.04

登坡峰岭

果树暮秋橙绿黄，山林山野淡菊香，
上山脚慢下山快，闲步拾级山路长。

石门小天池

杉树尖尖映水中，
青黄羽叶露冬容，
莲花池上田田绿，
倒影蓝天澄碧空。

2019.12.2

石门小天池

杉树尖尖映水中，青黄羽叶露冬容，
莲花池上田田绿，倒影蓝天澄碧空。

过香港仔水塘

山青树绿水深深，
风过池生细细纹，
同是城中郊野处，
绕塘垂钓看行人。

2019.12.21

过香港仔水塘

山青树绿水深深，风过池生细细纹，
同是城中郊野处，绕塘垂钓看行人。

大榄涌水塘一瞥

青山碧水蔚蓝天，
小岛星罗浮眼前，
湖泛绿洲清景望，
美图一秀翠连绵。

2020.1.10

大榄涌水塘一瞥

青山碧水蔚蓝天，小岛星罗浮眼前，
湖泛绿洲清景望，美图一秀翠连绵。

八面清风

有感

世事无常巷陌家，
人情幻变午时花。
黄昏看客登高望，
山海渔舟共晚霞。

2020.6.30

有感

世事无常巷陌家，人情幻变午时花。
黄昏看客登高望，山海渔舟共晚霞。

清静的龟

飞瀑午阳秋树前，
石池龟水自闲眠。
少食能忍隐其智，
鹤算龟龄看百年。

2020.10.31

清静的龟

飞瀑午阳秋树前，石池龟水自闲眠。
少食能忍隐其智，鹤算龟龄看百年。

秋夕

日落海山行色匆，
天光云影暮霞红。
何须慨叹黄昏近，
明月清风晚照中。

2020.10.27

秋夕

日落海山行色匆，天光云影暮霞红。
何须慨叹黄昏近，明月清风晚照中。

庭院之猫

晚风落叶黄，
独坐若思量，
气静明眸定，
夜寂心事藏。

2020.11.16

庭院之猫

晚风落叶黄，独坐若思量，
气静明眸定，夜寂心事藏。

八面清風

山行

郊野途通闹市家，
轻云淡日步闲暇。
小松亭外两条道，
大路一旁石径斜。

2021.1.27

山行

郊野途通闹市家，轻云淡日步闲暇。
小松亭外两条道，大路一旁石径斜。

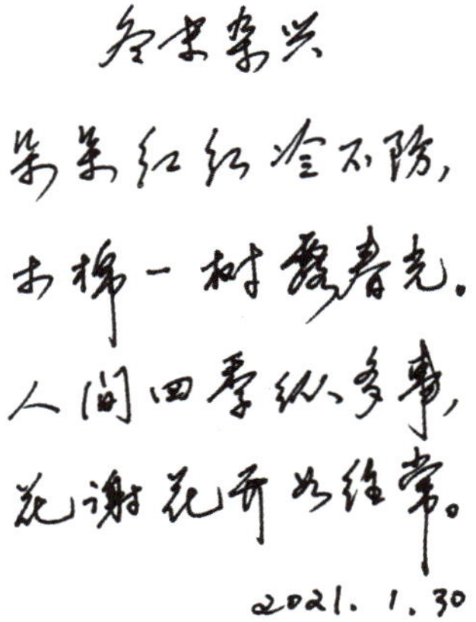
冬末杂兴

朵朵红红冷不防，
木棉一树露春光。
人间四季纵多事，
花谢花开如往常。

2021.1.30

冬末杂兴

朵朵红红冷不防，木棉一树露春光。
人间四季纵多事，花谢花开如往常。

立春偶成

浅紫花花翠翠蕾，
春天似是真真来。
花间如许问春色，
春在花开又未开。

2021.2.3

立春偶成

浅紫花花翠翠蕾，春天似是真真来。
花间如许问春色，春在花开又未开。

山

春节感怀

盛放红棉喜气洋，
腾空飞鸟碧天翔。
轮回四季春来去，
随意莺花二月祥。

2021. 2. 13

春节感怀

盛放红棉喜气洋，腾空飞鸟碧天翔。
轮回四季春来去，随意莺花二月祥。

八面清风

黄昏随想

正月初十春意浓，
金轮白日耀空中。
人多祈盼十全美，
四季平安夕照红。

2021．2．21

黄昏随想

正月初十春意浓，金轮白日耀空中。
人多祈盼十全美，四季平安夕照红。

树下

暮春朗日又风清，
气定神闲听鸟鸣。
一树菩提一世界，
枝摇叶动木平宁。

2021.4.11

树下

暮春朗日又风清，气定神闲听鸟鸣。
一树菩提一世界，枝摇叶动木平宁。

谷雨黄昏即事

白云朗日暮清风，
少妇伴儿玩院中。
雀跃稚童吹泡泡，
小球蹦破乱扑空。

2021.4.20

谷雨黄昏即事

白云朗日暮清风，少妇伴儿玩院中。
雀跃稚童吹泡泡，小球蹦破乱扑空。

活字生香
漢字的世界
世界的漢字

汉字

竖横撇捺写风流，
类物象形字字牛。
一字一图一故事，
生活字在画春秋。

2021.4.22

汉字

竖横撇捺写风流，类物象形字字牛。
一字一图一故事，生活字在画春秋。

八面清風

暮春杂兴

春山绿水望云空，
滩外闲人戏海中，
十里春林观翠木，
海山依旧伴春风。

2021. 4. 24

暮春杂兴

春山绿水望云空，滩外闲人戏海中，
十里春林观翠木，海山依旧伴春风。

春早闲行

风轻春有意，
云重盖如常。
观海心无事，
看山春日长。

2021.4.25

春早闲行

风轻春有意，云重盖如常。
观海心无事，看山春日长。

生意興隆
10元
3份

卖菜女

绿绿菜蔬鲜，
斤斤磅秤钱。
由朝忙到晚，
手脚累一天。

2021.5.1

卖菜女

绿绿菜蔬鲜，斤斤磅秤钱。
由朝忙到晚，手脚累一天。

PLEASE DON'T GATHER

初夏落日

四顾丹霞叠景峰，

凭栏海气带凉风。

山清水净斜阳暮，

人立黄昏落照红。

2021. 5. 8

初夏落日

四顾丹霞叠景峰，凭栏海气带凉风。

山清水净斜阳暮，人立黄昏落照红。

思母诗

慈母家中观世音，
三春晖洒玉莲心。
庄严度我秋无计，
话语谆谆犹在今。

2021.5.9

思母诗

慈母家中观世音，三春晖洒玉莲心。
庄严度我秋无计，话语谆谆犹在今。

初夏早行

白云碧树蔚蓝天，
人在山间心自闲。
一处野猪三五过，
清风拂面绿无边。

2021.5.19

初夏早行

白云碧树蔚蓝天，人在山间心自闲。
一处野猪三五过，清风拂面绿无边。

夏夜

云影晚空灯火亮，
身轻步稳海风来，
娥眉月照花光淡，
无住生心静静开。

2021.6.17

夏夜

云影晚空灯火亮，身轻步稳海风来，
娥眉月照花光淡，无住生心静静开。

八面

风

来风

八面清风

秋菊

剪菊插水瓶，
红粉花容清，
似笑又非笑，
秋香几缕情。

2019.9.22

秋菊

剪菊插水瓶，红粉花容清，
似笑又非笑，秋香几缕情。

八面清风

清华园秋之掠影

水桥绿柳蔓藤长，
枫叶微红银杏黄，
但见苇枯荷落尽，
梧桐树下读书郎。

2019.10.24

清华园秋之掠影

水桥绿柳蔓藤长，枫叶微红银杏黄，
但见苇枯荷落尽，梧桐树下读书郎。

勒杜鹃

叶绿花红处处栽，
平常花木四时开，
秋花宛若春花艳，
秋日又如春日来。

2019.11.6

勒杜鹃

叶绿花红处处栽，平常花木四时开，
秋花宛若春花艳，秋日又如春日来。

八面威风

红菊

味貌清香见紫红，
倾君秀色遇秋风，
世间多少阴晴月，
一笑一闻我爱侬。

2019.11.7

红菊

味貌清香见紫红，倾君秀色遇秋风，
世间多少阴晴月，一笑一闻我爱侬。

八面清风

静物

初冬天暖海风轻，
花果无声人有情，
暮去朝来安稳过，
如菊淡日似红苹。

2019.12.14

静物

初冬天暖海风轻，花果无声人有情，
暮去朝来安稳过，如菊淡日似红苹。

陋室的菊

菊花两束见厅中，
叶子相同花不同，
花色花形花态异，
花香清雅未离宗。

2020.1.9

陋室的菊

菊花两束见厅中，叶子相同花不同，
花色花形花态异，花香清雅未离宗。

邻舍小狗

暮光日影斜，
小犬遇邻家，
三两齐声吠，
乐蹦心若花。

2020.2.19

邻舍小狗

暮光日影斜，小犬遇邻家，
三两齐声吠，乐蹦心若花。

菊

洒窗斜日照菊绒，
花见阳光透紫红，
叶绿蕊黄清秀貌，
数枝香淡对春风。

2020.3.27

菊

洒窗斜日照菊绒，花见阳光透紫红，
叶绿蕊黄清秀貌，数枝香淡对春风。

夏日杂兴

庭花鲜紫灼灼开，
院果嫩红累累栽。
花果无心成好景，
蜂蝶有意踩风来。

2020.7.21

夏日杂兴

庭花鲜紫灼灼开，院果嫩红累累栽。
花果无心成好景，蜂蝶有意踩风来。

八面清风

立秋杂兴

白云聚散湛蓝天，
树鸟迎风啭语连。
鸽雀虽无鸿鹄志，
空庭来去却得闲。

2020.8.7

立秋杂兴

白云聚散湛蓝天，树鸟迎风啭语连。
鸽雀虽无鸿鹄志，空庭来去却得闲。

机灵的猫

猫小毛茸茸，
闻风躲树丛，
叶摇眼碌碌，
窥视路人中。

2020.10.15

机灵的猫

猫小毛茸茸，闻风躲树丛，
叶摇眼碌碌，窥视路人中。

初冬即景

一木凋余几叶黄，
碧空风冷照斜阳。
飘然上树声声啭，
数鸟高枝晒日光。

2020.12.18

初冬即景

一木凋余几叶黄，碧空风冷照斜阳。
飘然上树声声啭，数鸟高枝晒日光。

春意

世事无常万万家，
人间春在目无暇。
花开花落清风伴，
足不出城处处花。

2021.4.17

春意

世事无常万万家，人间春在目无暇。
花开花落清风伴，足不出城处处花。

八面清风

早春

淡淡春风绿绿来，
又生草木四方栽。
不因人爱或非爱，
朵朵凡花静静开。

2021.3.2

早春

淡淡春风绿绿来，又生草木四方栽。
不因人爱或非爱，朵朵凡花静静开。

莲

清清花紫紫，
净净叶田田。
不染纤尘垢，
玉洁卧水仙。

2021. 4. 22

莲

清清花紫紫，净净叶田田。
不染纤尘垢，玉洁卧水仙。

拂面清风

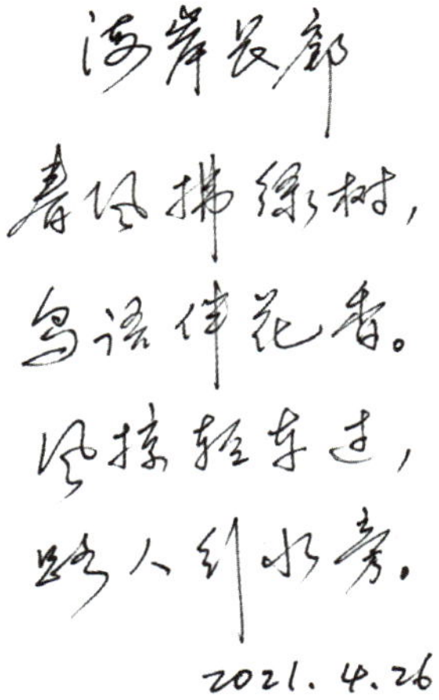
海岸长廊
春风拂绿树，
鸟语伴花香。
风掠轻车过，
路人行水旁。
2021.4.26

海岸长廊

春风拂绿树，鸟语伴花香。
风掠轻车过，路人行水旁。

看花

独步寻芳红满枝，

斜晖洒面媚姿姿。

花妍含笑梦非梦，

不负春风不负诗。

2021.4.29

看花

独步寻芳红满枝，斜晖洒面媚姿姿。
花妍含笑梦非梦，不负春风不负诗。

八面清风

暮行

空径人车少，
夜灯一路照。
落霞秀远方，
绿木晚风香。

2021.5.2

暮行

空径人车少，夜灯一路照。
落霞秀远方，绿木晚风香。

石榴树

迎夏别春暖日晴，
叶阴庭院翠和清。
何须惆怅花飞落，
夏木芳菲绿果盈。

2021. 5. 5

石榴树

迎夏别春暖日晴，叶阴庭院翠和清。
何须惆怅花飞落，夏木芳菲绿果盈。

浅夏黄昏

绿叶成荫树变容，
夕阳灯亮伴清风。
路人闲步穿幽境，
忽见眼前晚照红。

2021.5.7

浅夏黄昏

绿叶成荫树变容，夕阳灯亮伴清风。
路人闲步穿幽境，忽见眼前晚照红。

菊

夏日炎炎午梦长，
醒来淡淡嗅芳香，
紫白素里见清雅，
一束折花一角凉。

2021.5.15

菊

夏日炎炎午梦长，醒来淡淡嗅芳香，
紫白素里见清雅，一束折花一角凉。

月食

云溶风淡月朦胧，
夏暑清明照晚空，
玉兔奇绝十五夜，
嫦娥遮面半白红。

2021.5.26

月食

云溶风淡月朦胧，夏暑清明照晚空，
玉兔奇绝十五夜，嫦娥遮面半白红。

风雨清风

栀子花开

叶绿花白开路旁，
清清淡淡溢芳香，
花花朵朵颜如雪，
笑对暑天静静凉。

2021.6.9

栀子花开

叶绿花白开路旁，清清淡淡溢芳香，
花花朵朵颜如雪，笑对暑天静静凉。

八面

海

清风

香江中秋

明月银光照晚空，
小童海岸玩灯笼，
飘摇城廓今宵静，
一夜平安花点红。

2019.9.13

香江中秋

明月银光照晚空，小童海岸玩灯笼，
飘摇城廓今宵静，一夜平安花点红。

海边晚眺

日落凭栏望月升，
山巅楼顶海云蒸，
黄昏堤岸风吹树，
三五渔舟竞返程。

2019.10.9

海边晚眺

日落凭栏望月升，山巅楼顶海云蒸，
黄昏堤岸风吹树，三五渔舟竞返程。

北海黄昏

摇晃游船荡晚风，
秋凉荷尽柳阴浓，
红墙园里人熙攘，
一路欢声落水中。

2019.10.22

北海黄昏

摇晃游船荡晚风，秋凉荷尽柳阴浓，
红墙园里人熙攘，一路欢声落水中。

初冬黄昏

云如飞絮上蓝天，
霞若游鳞下海边，
落日映山红敛翠，
轻舟似箭夕阳前。

2019.12.4

初冬黄昏

云如飞絮上蓝天，霞若游鳞下海边，
落日映山红敛翠，轻舟似箭夕阳前。

立春

夕照岸边归橹静，
远山近海棹帆停，
香江水暖春来早，
新绿清风满树茎。

2020.2.4

立春

夕照岸边归橹静，远山近海棹帆停，
香江水暖春来早，新绿清风满树茎。

春日暮步

海边日落见金霞，
春暖花开云水暇，
堤岸木棉红盛放，
闲牵小犬步归家。

2020.2.23

春日暮步

海边日落见金霞，春暖花开云水暇，
堤岸木棉红盛放，闲牵小犬步归家。

悠闲的鸽子

瓦灰翎羽立窗台，
晃脑摇头看海来，
小巧玲珑咕咕叫，
慢悠踱步不飞开。

2020.3.14

悠闲的鸽子

瓦灰翎羽立窗台，晃脑摇头看海来，
小巧玲珑咕咕叫，慢悠踱步不飞开。

傍晚的海天

乌云飘掠红霞映，
暗水浮流灯火明。
半暗半明天伴海，
行舟来去舸相迎。

2020.5.31

傍晚的海天

乌云飘掠红霞映，暗水浮流灯火明。
半暗半明天伴海，行舟来去舸相迎。

黄昏的小美好

初上华灯照树花，
早秋日暮晚风斜，
拾级信步穿林过，
海岸闲庭看落霞。

2020.8.16

黄昏的小美好

初上华灯照树花，早秋日暮晚风斜，
拾级信步穿林过，海岸闲庭看落霞。

深秋黄昏

白日金轮耀海天，
远山黛色暮延绵，
爽风摇叶似蝶影，
夕照晚秋客流连。

2020.10.15

深秋黄昏

白日金轮耀海天，远山黛色暮延绵，
爽风摇叶似蝶影，夕照晚秋客流连。

秋夕

日落月出霞满天，
散晖成绮海山边。
黄昏美景不常在，
丽句清词千百年。

2020.10.22

秋夕

日落月出霞满天，散晖成绮海山边。
黄昏美景不常在，丽句清词千百年。

重阳登高望维港

风摇云漾海山楼，
舟进舟出竞自由。
久处方谙此地好，
东流西水话春秋。

2020.10.25

重阳登高望维港

风摇云漾海山楼，舟进舟出竞自由。
久处方谙此地好，东流西水话春秋。

黄昏

沧海波波夕浪花，
归舟点点晚渔家。
待得日落暮山去，
晖裂绮成静与霞。

2020.11.15

黄昏

沧海波波夕浪花，归舟点点晚渔家。
待得日落暮山去，晖裂绮成静与霞。

可爱的小狗

斜阳照树叶娟娟，
小犬坐堤看海船，
回首定睁人过处，
微微一笑觅良缘。

2020.12.7

可爱的小狗

斜阳照树叶娟娟，小犬坐堤看海船，
回首定眸人过处，微微一笑觅良缘。

冬夕

海山云色黛，
霞日水光金。
明暗一同在，
黄昏看古今。

2020.12.20

冬夕

海山云色黛，霞日水光金。
明暗一同在，黄昏看古今。

海岸黄昏

山色冥冥霞淡红，
舟舟泊岸草摇风，
渔灯闪闪流波亮，
荡荡船人客海中。

2021.1.26

海岸黄昏

山色冥冥霞淡红，舟舟泊岸草摇风，
渔灯闪闪流波亮，荡荡船人客海中。

春早闲行

淡日轻云风暖和，
海堤散步听莺歌，
心无挂碍看帆过，
又见眼前绿树多。

2021.3.14

春早闲行

淡日轻云风暖和，海堤散步听莺歌，
心无挂碍看帆过，又见眼前绿树多。

黄昏看海

海波后浪追前浪，
跃雪跳霜逐岸来。
前浪触滩潮自退，
水流归海向东开。

2021.4.18

黄昏看海

海波后浪追前浪，跃雪跳霜逐岸来。
前浪触滩潮自退，水流归海向东开。

南方日報 广告部

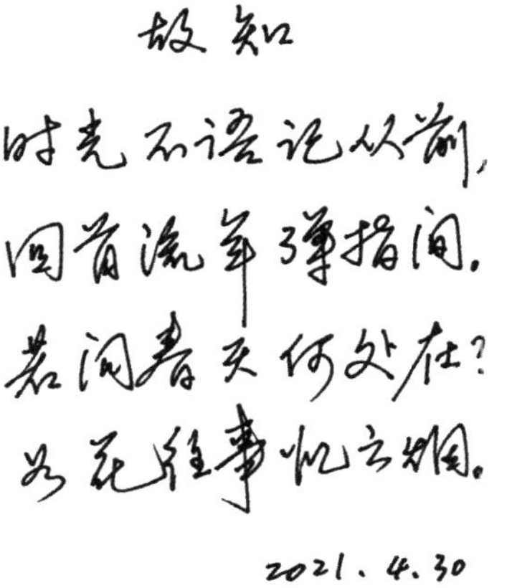
故知

时光不语记从前，
回首流年弹指间。
若问春天何处在？
如花往事忆云烟。

2021.4.30

故知

时光不语记从前，回首流年弹指间。
若问春天何处在？如花往事忆云烟。

春末早晨

远山薄雾浓云罩，
窗外清风啼鸟歌。
晓日小船大舸过，
涟漪碧海起白波。

2021.5.3

春末早晨

远山薄雾浓云罩，窗外清风啼鸟歌。
晓日小船大舸过，涟漪碧海起白波。

初夏望云

白云浮远盖蓝天，

万象千形山海间，

飘走青空分秒变，

卷舒随意态悠闲。

2021.5.11

初夏望云

白云浮远盖蓝天，万象千形山海间，

飘走青空分秒变，卷舒随意态悠闲。

潮

初三日暮看潮汐，
一线涛头涌雪移，
漫漫卷波流涨小，
淡来淡走海山寂。

2021.5.14

潮

初三日暮看潮汐，一线涛头涌雪移，
漫漫卷波流涨小，淡来淡走海山寂。

黄昏观海

青山隔海静寂寂，
拍岸清风吹浪迹，
水去水来波汩汩，
悠悠漫漫看潮汐。

2021.5.21

黄昏观海

青山隔海静寂寂，拍岸清风吹浪迹，
水去水来波汩汩，悠悠漫漫看潮汐。

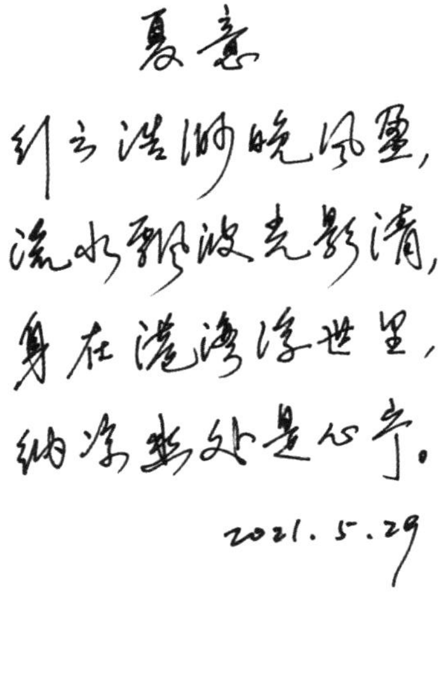
夏意
行云浩渺晚风盈，
流水飘波光影清，
身在港湾浮世里，
纳凉幽处是心宁。
2021.5.29

夏意

行云浩渺晚风盈，流水飘波光影清，
身在港湾浮世里，纳凉幽处是心宁。

八面

雨

清风

看圆明园遗址有感

残垣断瓦遗园林，

曾具风华耀古今，

犹见往昔焚毁事，

付之一炬悲歌吟。

2019.10.23

看圆明园遗址有感

残垣断瓦遗园林，曾具风华耀古今，
犹见往昔焚毁事，付之一炬悲歌吟。

木棉春色

阴雨几天今日晴，
木棉初放鸟和鸣，
红橘英绽伴花蕾，
一叶不留满树情。

2020.1.28

木棉春色

阴雨几天今日晴，木棉初放鸟和鸣，
红橘英绽伴花蕾，一叶不留满树情。

春雨一隅

丝丝细水飞，
静静润芳菲，
鸟啭庭花木，
雨飘湿草薇。

2020.3.4

春雨一隅

丝丝细水飞，静静润芳菲，
鸟啭庭花木，雨飘湿草薇。

看花

四季百花笑对人，
各花各眼看红尘，
名花纵是多人爱，
角落小花亦艳春。

2020.3.29

看花

四季百花笑对人，各花各眼看红尘，
名花纵是多人爱，角落小花亦艳春。

鐘錶珠寶中心
BURBERRY

有感

百鸟争鸣啭笑声，

百花不语默含情。

无人能解鸟花意，

何必一一话分明。

2020.4.28

有感　百鸟争鸣啭笑声，百花不语默含情。

无人能解鸟花意，何必一一话分明。

雨

雨后

雨余叶片水珠凝，
片片无尘叶叶清。
雨打叶花虽易落，
有花雨过却晶莹。

2020.9.21

雨后

雨余叶片水珠凝，片片无尘叶叶清。
雨打叶花虽易落，有花雨过却晶莹。

大雨滴风

台风过后

山顶灰云翻作浪，
欲雨未雨风难停。
一年三百六十五，
半是天阴半是晴。

2020.10.14

台风过后

山顶灰云翻作浪，欲雨未雨风难停。
一年三百六十五，半是天阴半是晴。

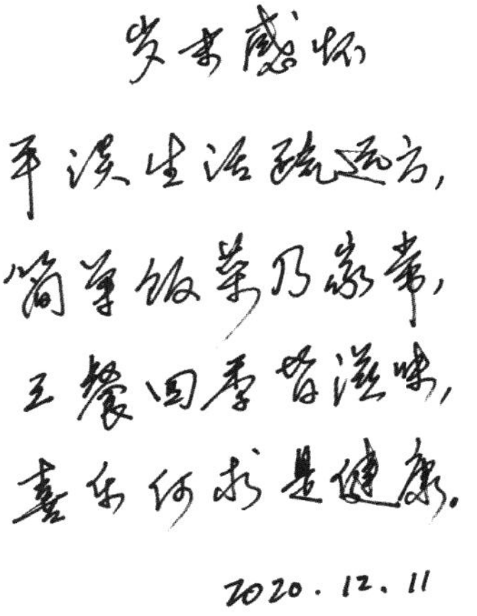
岁末感怀

平淡生活疏远方，
简单饭菜乃家常，
三餐四季皆滋味，
喜乐何求是健康。

2020.12.11

岁末感怀

平淡生活疏远方，简单饭菜乃家常，
三餐四季皆滋味，喜乐何求是健康。

春眺

香江春早雾茫茫，
天暖回南自正常，
雾里看花别有味，
空蒙湿漉望维港。

2021. 3. 6

春眺

香江春早雾茫茫，天暖回南自正常，
雾里看花别有味，空蒙湿漉望维港。

雨后

淡淡微风清，
疏疏细雨晴。
暮春风雨过，
花叶更鲜明。

2021. 4. 15

雨后

淡淡微风清，疏疏细雨晴。
暮春风雨过，花叶更鲜明。

春晓

月圆夜卧早，
晨起闻啼鸟，
百鸟不同声，
和鸣音韵妙。

2021.4.27

春晓

月圆夜卧早，晨起闻啼鸟，
百鸟不同声，和鸣音韵妙。

暮春杂感

春色撩人各不同，
绿林芳草艳花浓。
风吹雨打嫣香落，
朵朵花无百日红。

2021.4.28

暮春杂感

春色撩人各不同，绿林芳草艳花浓。
风吹雨打嫣香落，朵朵花无百日红。

看花

绿绿红红有早迟，
花花叶叶一枝枝。
阴天晴日皆光景，
半雨半风欢喜时。

2021.5.3

看花　　绿绿红红有早迟，花花叶叶一枝枝。
阴天晴日皆光景，半雨半风欢喜时。

雨

杂咏

二物本来风马牛，
方圆大小各千秋。
寻常看似别天壤，
意会西东不可求。

2021.5.12

杂咏

二物本来风马牛，方圆大小各千秋。
寻常看似别天壤，意会西东不可求。

人间烟火

夏夜炎炎似往常，
金盘玉指弄甘香。
清清肉菜淡如许，
静候夫君下箸尝。

2021.5.13

人间烟火

夏夜炎炎似往常，金盘玉指弄甘香。
清清肉菜淡如许，静候夫君下箸尝。

牛蒡茶

牛蒡茶

素瓷水泡菜蔬王，
除热散风洗五脏，
味道清醇香透齿，
芳茗长饮燕飞梁。

2021.5.18

牛蒡茶

素瓷水泡菜蔬王，除热散风洗五脏，
味道清醇香透齿，芳茗长饮燕飞梁。

雨

静物

木漆画作绘佛寺，
闲弄几盘装水果。
纵是葡提非菩提，
世间万物适其所。

2021.5.24

静物

木漆画作绘佛寺，闲弄几盘装水果。
纵是葡提非菩提，世间万物适其所。

过云雨

晨起碧空蓝盖云，
海风吹雨忽一阵，
推窗一望双虹见，
雨过天青云洗尘。

2021.5.25

过云雨

晨起碧空蓝盖云，海风吹雨忽一阵，
推窗一望双虹见，雨过天青云洗尘。

STOP
BUS
巴士
暉
長健
致
安康

上班族

早起百工忙赶车，
浅桥喧路几多车，
深湾静道应游遍，
闹市偷闲一刻奢。

2021.5.24

上班族

早起百工忙赶车，浅桥喧路几多车，
深湾静道应游遍，闹市偷闲一刻奢。

黄昏灯火

街楼灯亮暮煌煌，
草草杯盘艳艳光，
淡淡恬恬多少事，
生活佳境在平常。

2021.5.27

黄昏灯火

街楼灯亮暮煌煌，草草杯盘艳艳光，
淡淡恬恬多少事，生活佳境在平常。

雨

夏日游湖

雨滴湖面点圈圈，
锦鲤戏龟潋滟圆，
转转兜兜无倦意，
追来逐去水波旋。

2021.6.1

夏日游湖

雨滴湖面点圈圈，锦鲤戏龟潋滟圆，
转转兜兜无倦意，追来逐去水波旋。

窗里窗外

灯下坐于电脑旁，
伴夫共度有书香，
光阴笃定夜阑静，
一往情深岁月长。

2021. 6. 3

窗里窗外

灯下坐于电脑旁，伴夫共度有书香，
光阴笃定夜阑静，一往情深岁月长。

月光海岸

黛色远山夜幕茫，
长廊灯亮水金妆，
风清云缈月微笑，
辉洒海中寸寸光。

2021.7.23

月光海岸

黛色远山夜幕茫，长廊灯亮水金妆，
风清云缈月微笑，辉洒海中寸寸光。